KB260221

달맞이꽃 손깍지

달맞이꽃 손깍지

2004. KBS 〈이것이 인생이다〉 방영
시집 《손깍지 사랑》 시인의 제 2시집

달맞이꽃 손깍지

황동남

미래시선 141

미래문화사

메마른 가슴에 한 점 위안이 되었으면

쓰러질 일 없다면 다시 일어설 일도 없다.

부도를 맞고 2002년 6월 《손깍지 사랑》이란 설익은 시집을 낸 후, TV 및 라디오, 신문 등의 매스컴에 힘입어 용기를 잃지 않고 꾸준히 글을 써왔다.

나는 말하고 싶다. 문학이란 명문대를 나오고 많은 공부를 하여야 이룰 수 있는 학문이 아니라고…….

특히 시란 자신이 처해 있는 죽기보다 더한 고난의 아픔 속에서 비로소 낚아 올릴 수 있는 한 마리의 은어가 아닌가 생각한다.

어둠이 있어야 빛은 더욱 영롱히 발하듯, 나 역시 아이엠에프에 뒤통수를 맞고 죽음 직전의 시련에 처했을 때 비로소 비 개인 하늘이 더욱 푸르다는 것을 깨달았고, 허허벌판에 홀로 섰을 때 지독한 고독만이 나의 유일한 벗이요, 소중

한 스승이라는 것을 실감할 수 있었다.

지금도 그 고난의 세월은 정처 없이 이어지고 있으나 그 동안 겪어온 경험을 토대로 두서 없는 글을 다시 엮어 두 번째 시집을 낸다. 이 시집도 나와 같이 저 홀로의 고독으로 세상에 던져지지만 부디 쓰러지지 말고, 메마른 가슴 그 어느 한 점 위안이었으면 하고 바라는 마음 간절하다.

먼저 이 글을 쓸 수 있게 저 하늘에서 영으로 계시해주신 어머니와 언제나 곁에서 넉넉한 마음으로 후원해주는 아내에게 감사하며, 서문을 써준다 하였지만 행여 누가 될까 사양한, 이름을 밝힐 수 없는 몇 분의 시인님과 출판사 관계자 분들께 깊은 감사를 표합니다.

2006년 4월

황동남

2·그대의 길

4 · 세상살이

1

바람 끝에 매달렸다 툭 떨어지는
상기된 나뭇잎의 얼굴을 바라보며
저들에겐 저들의 뜻대로 할 수 있는
통제되지 않은 자유가 얼마인가를 생각하며

나에게 부여된 자유도
내가 나 자신의 감정을 억제할 수 있는
초침의 여유 없이는 이룰 수 없다는 사실에
긴 한숨의 아픔으로 인내해야 한다는 슬기를 배웠지

진정한 자유

식당에서

쩡쩡 언 달빛이
쓰레기더미 위에 앉아
심음하고 있는 것을

고양이가
사붓사붓 다가가
혓바닥으로 핥고 있다

세상은 살기 좋아
먹을 것이 지천으로
버려지고 있건만

그 버려지는 것마저
먹을 수 없는 또 다른 아픔
아, 나는 아직도 배가 고프다

아침 명상

나에게 주어진 시간은
하루란 공간 속에 총 십오 분뿐이다

그 오 분은 지난 날
어머니와의 슬프고도 정겹고
아프고도 즐거웠던
시간들을 그려보는 것이요

그 오 분은 지금껏 걸어오며
많은 인연들과의 만나고 헤어짐 속에
상처의 순간보다 아름다움의 순간들이
더 했었는가를 저울질해보는 것이요

나머지 오 분은
지금 내가 가는 길의 끝을 생각하며
남아 있는 시간의 여유를 무엇을 위하여
종소리 은은함이 될 수 있는가를 생각하는 것이다

이기利己

오늘도 바람이 불어온다
황금빛 민주의 바람이

노래하며 춤추고
즐거워야 할 터인데
내 진정 그러할 수 없음은

가만히 귀 세워
그 화려한 공간으로 들면
배고픈 영혼들의 신음소리

아, 진정 민주의 바람은
빛과 어둠을 함께 보듬어 안은
그 아늑한 자유의 여신이던가
존재의 값어치조차 확인할 수 없는
자본주의에 시드는 풀잎들이여, 쓰러지진 말고서……

회춘

환갑은 훨 넘었고
칠순은 좀 안될 것 같은
대머리 수캐 한 마리가
제몫은 다 푸르러놓고 그도 모자라

방년이 좀 넘은 듯한
암캉아지를 끌어안고
오가는 이의 눈길이야 어쨌든
쓰다듬고 입맞추고 별짓을 다한다

차-암 세월이 미쳤는지
저놈이 미쳤는지
아무튼 재주는 좋은 놈이련만
도대체 윤리도덕은 어디로 갔는가

에라 이놈아
아무리 막가는 세상이지만
그래도 그렇지 그래서야 쓰겠는가
제발 적시 나이값 좀 하여라

우수수 떨어지는 은행잎이
어찌나 민망스러운지

뜨거워진 낯이 노래져 고개 돌리는
늦은 밤 길가 가로등 밑에서……

비의 悲意

바람도 얼어붙은
설한의 어둠 위에

파지를 주워 모으다
포장마차로 다가와
어묵국물 한 모금만 달래는
멸치 같은 노인의 한 줌 어깨 위엔
연실 파르르 파르르 물결이 이는데

지하 룸살롱에서
질펀히 취하여
쏟아져 나오는 노래소리는

아, 줄줄이
나의 대소장을 녹이나니
귀도 슬픈가 못 들었다 하노라

해두자

불어오는 바람이 쓸쓸하니
그건 나의 마음이라 해두자

흘러가는 저 구름이 허허하니
그건 나의 그리움이라 해두자

그토록 열심이면서
그토록 이루어질 수 없는 행복
그것은 나의 내일이라 해두자

해둘 것 다해두고
아름다운 노을빛 따라
혼자 가는 이 길도
순전히 나의 숙명이라 해두자

가면서가면서, 길 따라가면서
기쁨과 즐거움은 네 것이고
괴로움과 슬픔은 내 것이라 해두면
그것이 진정으로 해둠의 축복이리……

해 저문 언덕에서 · 1

내가 밤마다
별을 바라보는 것은
밤을 지새워 일하기 때문만은 아니요

내가 밤마다 별을 바라보는 것은
유난히 밀려오는 그리움 때문만은
더욱 아니옵니다
오늘도 눈부신 햇살에 들볶여
산산이 부서질 수밖에 없는
하루살이들의 서글픈 신음소리 때문이나

지나는
비와 바람과 설한은
말없이 계절을 바꾸어놓을 뿐
저들의 아픔을 달랠 수 없기 때문입니다

다시 또 내가
저 별들을 바라보는 것은
아직은 어둠이 가지 않았고
여명이 밝아오길 기다리고 있기 때문입니다

해 저문 언덕에서 · 2

별들이 저토록
하얗게 해맑은 것은
어둠이 있기 때문만은 아닐 것이요

별들이 저토록 눈빛 반짝임은
진짐 행복하기 때문만은
더욱 아닐 것입니다

저마다 가슴마다
말못할 아픔을 간직하고 있기에
차라리 아니 한 척
활짝 웃고 있을 것임이나

매화와 국화와 대나무는
고고한 척 매정히 황금에 젖어
한 점 저들의 아픈 미소를
헤아리지 못하고 있기 때문이나

다시 또
별들이 저토록 아름다운 것은
어느 시인과 더불어 따스한 정 아직은
가슴마다 꼭꼭
간직하고 있기 때문일 것입니다

한 잎새

산산이 찢기어진 한 점만이
깨어진 파도의 아픔을 생각할 수 있고

피를 토해낸 나머지 한 방울만이
달빛의 눈물 젖은 그리움을 알 수 있으며

죽음을 선택해 보았던 하나만이
삶이 얼마나 소중한가를 뼈저리게 느끼리

아, 그리하여 오늘도 나는
그 지독한 고독과 벗하나니
사랑하는 고독이여, 그러면 부디 깨우치게 하라

풍선

나이가 골백 살을 먹고
최고의 학문과 제일의 권세와
최상의 영화를 누렸고, 누리고 있어도

말라비틀어진
개미똥의 맛을 모르고
식기 닦은 구정물의 맛을 모르면

꽃방석에 앉아
함부로 인생관에 대하여
이렇다 저렇다 논하지 말아

그것은
그다지도 힘겹게
세상을 살아온 자에 대한
후덕인 양 비아냥의 모독이려니……

문학강의를 듣다

어느 마을회관에서 그래도 그 지방에선
꽤나 알려진 밥술이나 먹는다는 문인이
시 창작 강의를 한다기에
한 수 배울까하여 부랴부랴 달려갔지

한참을
자신의 과거 자랑을 늘어놓더니
불쑥 던지는 말이
열 송이 눈꽃을 따먹으며 허기를 면하고
맨발로 얼음 위를 걸으며 열변을 토하는데

쯧쯧
고생이란 고자도 모르고 자랐다는 자가
자신이 정말 눈꽃을 세고 먹어보고
얼음 위를 걸었는지 안 걸었는지는 몰라도
먹물이나 좀 먹었다고 귀는 새파래 가지고
어찌 함부로 가타부타 말할 수 있으리

움찔 시중 김부식이 떠오르며
정지상의 넋이 나타날까 두려워
언뜻 자리를 박차고 일어나 발길하며
줄줄이 버드나무 푸르고

점점이 복숭아꽃 붉다를 읊으며
따라오는 발자국 소리를 세어 마음에 새겼지

후회

시간은 금이다
아니, 금보다 더 귀한 보석이다

나는 이 아름다운 보석을 갉아먹으며
오늘을 존재하며 그 깊은 내연 속으로
아스라이 지워져 가고 있다

그러나
이 보석의 진가를 모르거나
아예 잊어버리고 있었기에
온갖 욕망의 늪에 빠져 꿈틀거리다

이제야
비로소 조금 깨달았으니
아, 이 얼마나 어리석고
가련하기 그지없는 벌레인가

구름

나는 유복자였다
고향마저 잃은 고아

마음이 아려오면
달래줄 이 있으리
반겨 맞아줄 피의 정 있으리

웃다가 지쳐 깨어진 달빛에
저 홀로 풀어버린 수많은 사연
아, 그 누가 헤아려 알리

따르는 술잔마다
만상의 회포나 풀어 즐기다
어느 따스한 봄날
순풍에 돛 날리면 길 떠나가리

생의 론論

세상 살아가는 것을
그대의 생각대로 그리 쉽게 생각 말아

그대가 마음먹은 대로
그렇게 만만치만은 않을 것이니

그렇다고 세상 살아가는 것을
너무 힘들어 벅차다고 멀리하거나
두려워 쉬이 포기는 더욱 하지 말아
그처럼 절대적 공포의 대상만은 아니기에

중요한 것은
그대가 어떻게 사고思考 판단하여
철저하고 아름답게 행동하느냐에 따라
저는 쉬울 수도 힘들 수도 있으려니

풍경

조금 전까지 소복차림으로
가지 끝에 앉아
기도하던 목련꽃 한 송이는
천상으로 올랐나 간 곳이 없고

빈 가지엔
어디선가 날아온 잠자리 한 마리가
배를 넓죽이 깔고 엎드려
수도승의 목탁소리에 맞추어
깊은 묵도에 들었는데

어둠이 내려앉는 산사의 법당
처마 끝에 매달린 저 한 마리 고기는
그 무슨 죄업이 그리도 많아
아직도 천상에 오르지 못하고

머리가 깨어져라
저리도 연실 애절하게
놋쇠잔을 두드리며 슬피 울어
고요히 잠들은 별들의 단잠을 깨우는가

포장마차

노을이 진다

아, 오늘 나는 또
어느 낯선 하늘 아래에
지친 날개를 펴고
이 밤을 지새워야 하나

가까스로 마련한
난장의 둥지마저도
이기의 밥벌레들에게 빼앗기고

하늘 땅 그리고 나
오직 셋만이 유일한 위안일 뿐

정처 없이 길 가는 구름아
말 물어보자
내 머물 곳 그 어디메인가

네온불 춤추고
세상은 기쁨으로 충만한데
나는 외롭지만
그래도 반짝여야 할 한 송이 샛별

파도

보이지 않는 그리움
그 그리움을 찾아 강물은 흔들린다

견딜 수 없는 몸부림으로
쉼 없이 백사지白沙地 가슴을
혀로 핥으며 유혹을 하나
끝내는 그의 가슴을 넘지 못하고
허무한 발길 돌린 자리엔

햇살에 들볶인
배고픈 사금파리들만
눈빛 반짝이는 설움일 뿐
아, 다시 낯선 평온 위엔 땅거미만 깔리고

오늘밤도 그는
산산이 부서진 달빛만 끌어안고
고독의 선율 따라 춤추는
비애의 가련한 댄서일 수밖에 없겠지만
다행이 내일로 가야한다는 것을 알기에
고요를 깨우는 희망의 저음低音소린 끊임 없으리……

친구들

돈푼이나 벌던 시절
좋은 일엔 못 갔어도
저희들 부모상 당했을 땐
열 일을 제쳐놓고 갔었건만

나, 아이엠에프에 허물어져
어머니 저승길 떠나실 땐
어쩌다 한두 놈 구두코 보일 뿐
그림자 하나 안 보이더니

저희 부모 칠순에 산수잔치다
청첩장을 보내오니
하, 이거야 참 기가 막혀
어이 너희 기쁨이 나의 슬픔만 하리
그래 사노라면 그럴 수도 있겠지

마당 가득 내려앉아
속삭이는 별들이 아름다운 밤
애절함만 더해 가는 이 마음엔
스치는 바람만이 유일의 벗이구나

천의 개벽

먹고 사는 데 실패하고
잔디 위에 누워
눈 감을까 말까 생각하며
눈길 닿는 하늘을 바라보니

수만 겹의 희고 검은 운하가
흐물흐물 녹아 무너지며
만만 길 우물 속의 청정수가
꿈틀거리고 있었다

아, 나는 무어라 말할 수 없어
터질 것 같은 가슴을 부여안고
저 무한한 하늘의 변화무상한 진실 외에는
세상 모든 것이 허황한 꿈이라는 것을 깨달았을 때

조각난 운하 사이로
비취보다 더 찬란한 푸른빛이 쏟아지며
존재해야 한다는 것을 암시해 주는데
온몸을 짓누르던 어둠은 어디로 갔는가
영혼 가득 환희의 물결이 인다

진정한 자유

세상이
아니 세상이 낳은 인정들이
매일을 쉼 없이 나란 존재를
막무가내로 쓰러트리려 뒤흔들 때

나는 화를 내거나
울분을 토해낼 힘조차 없는
아주 나약한 존재는 아니지만

바람 끝에 매달렸다 툭 떨어지는
상기된 나뭇잎의 얼굴을 바라보며
저들에겐 저들의 뜻대로 할 수 있는
통제되지 않은 자유가 얼마인가를 생각하며

나에게 부여된 자유도
내가 나 자신의 감정을 억제할 수 있는
초침의 여유 없이는 이룰 수 없다는 사실에
긴 한숨의 아픔으로 인내해야 한다는 슬기를 배웠지

지도자의 길

울안에서는 희로애락
끊임없이 야단이고

밖에서는 이래저래
다정한 듯 억압이고

주야로 뛰고뛰고 뛰어도
잘한 것은 하나 없고
못한 것만 질책이니

해는 지고
밤은 쉬이 오는데
아, 어디다 마음 풀어 대소사를 성사하리
안타까이 타는 마음 내신 님 하늘은 알 터
무심히 말 없으니 애간장만 녹는구나

중년이란 이름표

눈물이 가슴을 적시고
고난이 심장을 도려도 참으며
알면서도 모르는 척
앞서기보다는 뒷자리에서
이기려보다는 져주는 너그러움으로

햇살의 따듯함보다
어둠의 쌀쌀함이 더한 나날 속에
때 묻을까 더러워질까 깨어질까 흩어질까
가족이란 울을 명줄보다 더 소중히
청수 같은 마음 폭에 고즈넉이 감싸안고

여자이기 때문에
나만이 가는 길이 아니라고
스스로를 달래며 위안을 하며
해도해도 끝이 없고 빛이 없는
가사란 올가미에 촘촘히 매이어
벗어날 수 없었던 푸른 날의 시간들

어느 날 거울 앞에 앉아
잔물결 푸석한 얼굴을 바라보며
쓸쓸한 커피 한 잔에 빙긋이 미소짓는

아, 아름다워라 아내라는 명칭으로
곱디곱게 단장한 코스모스 꽃님들이여
그 향기 하늘 가득, 이 땅 위에 사랑 심고……

존재의 이유

풍 휘몰아치는 사막에 앉아
새까맣게 타버린 모래알을 세고 있다

모래알 하나 나 하나
모래알 둘 나 둘

매일 그렇게 모래알을 세도
다 세지 못하는 까닭은
아직 나에게 어둠이 오지 않았고
내가 아직 가야할 길이 멀기 때문이다

모래알 셋 나 셋
모래알 넷 나 넷
지금도 나는 모래알을 세고 있는데
다 세지 못할 까닭은 없는데

아직도 나는
그대 위하여 할 일이 많이 남아 있고
이미 죽어버린 모든 것까지도 깨워
내 세지 못한 삶의 고운 모래알을
세게 할 이유가 있기 때문이다

정다운 선물

그토록 추운 날에
어이 내 발이 시린지를 알았는지
도톰한 양말을 전해주는 한 송이 꽃

오늘도 나는
그 꽃의 아름다운 마음을
가슴 깊이 꽂아 간직하고 우체국으로 간다

낮에는 솔잎 하나 햇살에 정 하나 꽂고
밤에는 별 하나 눈빛에 사랑을 담아
또 하루란 너울 속에 찰랑이는 기쁨이여

우리 누나 시집갈 때
뜨개질로 만들어준 덧버선이
눈썹 끝에 매달려 그네를 뛰는
'고마워고마워 너무너무 좋은 걸' 말하고 싶은
아, 나는 열여섯 수줍은 울렁임의 소녀라네

저승에서

교통사고로 저 세상 가니
섬돌 위에 백발을 깔고 앉아
풍류를 즐기던 노인이
어떻게 왔느냐고 묻기에

나도 모르겠다고
저기 저 사자가 손잡고 가자 하여
엉겁결에 끌리듯 따라 왔노라 하니
아직은 때가 아니라 도로 가라고 하네

오는 길에 옥에 갇힌 귀신 놈들
처량하기 그지없어 노인에게 물어보니
가난한 자 눈물 주고 부귀에 알랑거려
저 먹을 것들 다 챙겨놓고
그도 모자라 도둑질에 투기하다
쓰리고에 광땡 맞고 피박에 설사하고
넉장거리로 나자빠져 있는 것을 데려 왔다 하네

에라 이놈들아
혀 빠지게 일을 해도 입에 풀칠하기 바쁘고
그토록 사랑해도 모자라는 게 정이련만
풀잎 가슴 못을 박고 배 부르니 힘 안 들여

남의 것을 더 처먹으려 하였으니 그렇지
은근히 부아가 나 엿이나 실컷 먹으라고
눈길도 아니 주고 매정히 돌아서 내렸지

저금

벅찬 즐거움이
겹겹이 안겨올 때
모두다 허비 말고 좀 남겨두자

억수 같은 슬픔이
헬 수 없이 밀려오면
이성을 잃을 수가 있으니까

가슴을 짓찧는 아픔이
폭풍우처럼 휘몰아칠 때
한꺼번에 괴로워 말고 한 줌 간직하자

기쁨이
무지개처럼 피어오를 때
너무나도 감당하기 힘드니까……

잊을 수가 있을까

사업에 실패하고
포장마차를 시작하던 날
그 인심 좋던 거래처 사장님네들 몰려 와
김이 모락모락 나는 어묵 떡볶이그릇을
둘러엎고 내던지고 난장판이 되었지요

아내와 난
내동댕이쳐진 것들을
주우며 치우며 정신이 없고
사람들은 구름같이 몰려들어 구경을 하고

경찰서에 불려 가
유전무죄 무전유죄라
코에 걸면 코걸이 귀에 걸면 귀걸이
이 죄 저 죄 싸잡아 조서를 받고 나와

어둠 한가운데 마주보고 둘이서
복받치는 서러움에 눈물을 글썽이다
그래도 세상살이 재미있지 않느냐
두 손을 꼬-옥 잡아 마음 모으고
파고드는 서글픔을 미소로 달랬지요

입춘 날의 애정

저녁 장을 보러 가며
아내는 가스도 시키고
보일러에기름도 넣어놓으라고 한다

담배를 피워 물고 앉아
알았다고 철석같이 대답을 하고
무언가 골똘히 생각을 하다보니
몸은 쉬고 싶은지 자꾸 눕자고 한다

햇살, 처마 끝에 매달려
건넌방 아랫목을 달구는 곳에
팔베개 베고 누우니
등가죽이 따뜻해지며 절로 눈이 감긴다

달콤한 단잠에 젖어 있을 무렵
누군가 부르는 소리에 화들짝 깨어보니
날은 어둑어둑 저물고
언제 들어왔는지 아내는 주방에 서서
저녁 굶긴 시어머니 상이다

부랴부랴 전화를 걸어
가스를 시키고 기름을 시키고 부산인데

그런 내 모습이 밉살스럽지가 않은지
아내는 찌푸렸던 상이 풀어지며 빙긋이 웃고
때는 이때다 싶은 나도
머리를 긁적긁적 아내를 바라보며
아부 웃음 한 쪽으로 순간의 냉랭함을 모면하였지……

일장춘몽

귀뚜라미 울음소리 찬이슬에 시들고
성기던 억새풀도 시시로 잦아드니
설한이 다가오는가
햇살도 풀리누나

배부른 벌 나비들 하루가 백날이라
세월을 잡아 놓은 듯 춤추고 노래하나
한심타 부귀영화여
가는 바람 못 보나니

찬란한 황홀함도 천하제일 권세라도
인생사 이슬 같고 뜬구름 같은 것을
비워라 한 점의 때도
길 떠날 때 무거우리

이제는

살아가며 이제는
어느 날 문득 생각나는
철없던 지난 날의
새콤달콤한 사랑이고 싶어라

살아가며 이제는
어느 날 문득 스쳐가는
아프고도 슬프고 기뻤던
나 하나의 추억이고 싶어라

살아가며 이제는
어느 날 문득 떠오르는
바쁘다는 핑계로 챙기지 못한
모든 이들의 미소이고 싶어라

아, 가을빛은 곱게도
이내 가슴 적시는데
살아가며, 살아가며 이제는
노을빛 닮은 은은한 고요이고 싶어라

이유

내가 이토록 글을 쓰는 이유는
쉼 없이 밀려오는 달고 쓴 유혹과
망상의 번뇌를 멀리하기 위함이요

내가 이토록 글을 쓰고 싶은 이유는
어느 날 문득 다가올지 모를
병마와 온갖 것들과의 부딪침에
담담히 다가서기 위함이리

또한 내가 이토록 글을 쓰고
매일을 자연과 함께 속삭이는 이유는
그들에게서 삶의 넉넉함을 배우고
그들에게서 죽음의 초연함을 배울 수 있어

그동안 욕망의 늪에 빠져
잃어버렸던 나의 정체를 찾을 수 있고
언젠가 예고 없이 찾아올 죽음을
두려움 없이 태연자약 맞이하기 위함이리

이승과 저승

묘소에 엎드려
"어머니 저 왔습니다
저 왔어요,
어머니! 어머니!"

어머니는 못 들으셨누지
대답이 없으시고
귀가 어두워 못 들으셨나
다시금 큰소리로
어머니! 하고 부르니

그제야 깊은 잠 깨시어
"그래, 아범 왔니, 아범 왔어?"
다정히 반기시는데

아, 나 들을 수 없고
어머니 내 목소리 들을 수 없는
빛과 어둠의 머나먼
다른 세상 다른 나라……

이별 앞에서

타는 듯 그해 여름이 가고
추석명절을 지낸 다음 날

가버렸나 싶었던 매미*는
폭풍을 동반하고 우레같이 날아들어
산허리를 휘감고 쏟아지는 억수 비
비릿한 강물되어 황토색으로 흐르고

어깨 너머론 청솔가지 타는 냄새가 다가와
빛바랜 사진을 맴돌아 생의 까칠한 흔적
연기처럼 사라져 가는데
나는 어느 이름 모를 산모퉁이에서
절박함에 정신 없이 흔들리고 있었고
따라서 흔들리던 들국화가 있었다

그 사이로 아득히 멀어져 가는
내 그토록 사랑하는 임의 뒷모습을 보았는데
아직도 나는 그 길의 비밀을 알 수 없어
고뇌하는 창밖엔 어둠이 하얗게 새고 있다

*매미 : 태풍의 이름

어느 시인의 마음이
폭발하려는 지진같이
꿈틀거리지 않으면
어찌 시든 풀잎 하나까지도
그토록 사랑할 수 있으리

어느 시인의 마음이
적막같이 고요하지 않으면
어찌 어지러운 세상을
차분히 정리할 수 있으리

그대의 길

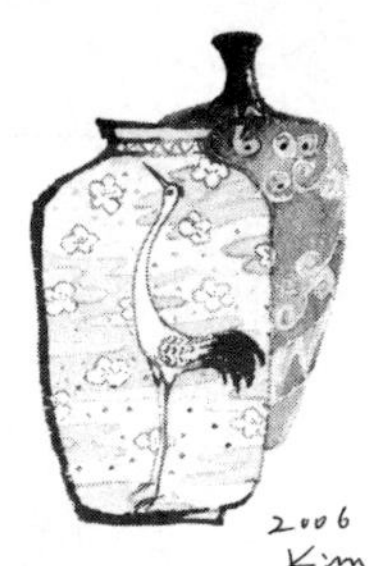

옛날애기

산 정상에 독수리 앉아
제아무리 따듯하고 달콤히
주문 외우면 무엇하리

숲 속을 들고 날며
슬겨 노래하는
새들에게만 유익할 뿐

저 밑바닥
그늘진 곳 벌레들에겐
마냥 차갑고 쓰기만 한
별천지의 머나먼 이야기일 뿐

한 섬 국을 끓이면 무얼 하고
만 섬 떡을 하면 무얼 하리
동냥은 못 줄망정 사사건건 흔들어
쪽박이나 깨지 않았으면 더 바랄 것 없으리……

열애

아침나절 보았는데
점심때가 지나도

벌놈들이
호박꽃 치마폭에 싸여
정신이 없이 나뒹굴고 있다

개미들은
허리띠를 졸라매고
먹거리를 찾아 헤매도
사니 못사니 아우성인데

에이끼 못난 놈들
배부르니 사랑놀음에 빠져
배고픈 신음소린 아랑곳없고
도끼자루 썩는 줄도 모르는구나

연탄

황금성
기름보일러는
무엇이 그리 즐거운지
윙윙 즐겨 노래하는 밤

신문지로 넉지덕지 바른
쪽방의 찢어진 문구멍으론
냉바람 매몰차게 쏘고 들어
사지는 점점 식어 가는데

속살이 허옇게 보이는 부엌
시커먼 얼굴 스물둘의 눈에서
희망을 피워 올리던 반짝임은
하나둘 가물가물 스러져 가고 있으니

아, 저마저 눈감고 나면
무엇으로 이 얼어드는 몸을 녹여
배고픈 식구들을 위한
또 하루의 종살이를 나갈 수 있단 말인가

연인

그토록 사랑하는 것만큼
인생을 짜릿한 맛으로 살아가고

그토록 사랑하는 것만큼
온 정열을 다 쏟아 일을 하며

그토록 밀어의 언약처럼
철저하게 비밀을 지킬 수 있다면

병들어 아픈 이 하나 없고
가난하여 배고픈 자 하나 없으며
약속이 산통처럼 깨어져
죽자 사자 하는 티끌의 일도 없으련만……

여유

새벽시장을 나가
만 원 한 장을 가지고
무 두 개를 사 가지고
파 한 단을 사 가지고
콩 한 종지를 사 가지고
계란 한 줄을 사 가지고
배추 한 포기를 사 가지고
한라산 한 갑을 사 가지고
탁주 한 사발 해장을 하고도
전혀 한 푼도 에누리 안 하고도
라면 두 봉을 살 돈이 남았으니
아, 풍성한 가을이 이 마음만 하리……

어둠을 노 저으며

풀잎 끝에 매달린
성에꽃 하나
눈물 받아 마시니

눈물 속에
가시 있고
가시 속에 바늘이네

달아달아 손톱달아
내 어머니 눈 감던
그 모진 눈썹달아

오늘밤은
네 그리움에 몸을 던져
내 어머니 숨결을 듣고 싶구나

어둠과 빛

바라보는 풀잎마다
즐거운 양 미소짓고 있건만

속내는 타는가
그 무슨 사연 그리도 많아

웃음 뒤에 가려진 그늘
하르르 떨고 있음은

아, 앞으로
얼마의 시간이 더 갈고 닦여야
저들의 그늘 새새마다
초록의 불빛 피어오를까

애정이 꽃 피던 시절

천년 전생의 인연인 양
이토록 아름다운 우리의 만남을
언제까지고 오래도록 간직하자고

표정도 없으면서 미소도 없는
무뚝뚝한 시간의 너울 속에
보름달을 쪼개어 가슴 깊이 간직하고
헤어지지 말자고 손가락 걸어놓고

행여 아니 보면 잊혀질까
잊혀지면 어이할까 마음 조이며
잠시라도 떨어질까 떨어지면 어이할까
언제나 함께 하며 재잘대던 속삭임도 모자라

별빛 쏟아지는 밤마다
낡은 일기장이 넘치도록
좋아해, 좋아해, 너를 좋아해
깨알같이 쏟아놓은 그 많은 흔적들
이제는 아련히 멀어져간 그 옛날의 그리움

애완견

너희가
진정 눈물의 빵을 씹어보았니

배불리 먹고 곱게 자라
도둑 지킨다 명색 아래
호화스럽게 살고 있으니

빵맛이
단지 쓴지 알지도 못하면서
주둥이는 살아
쓸데없이 짖어대기나 하니

하, 이거야
불어오던 미풍이 환장을 하여
배꼽을 움켜쥐고 곤두박질하는구나

시련

어쩌다 빛 반짝
미풍도 가고

연속의 어둠
연속의 그늘
연속의 폭풍우

아, 이것도
하늘이 내게 준 선물이라면
부귀도 좋고 영화도 좋다만

누구나 다
맛볼 수 있는 것이 아니기에
나는 진정 행복하지 않느냐

순응

종일을
누군가 그리워 보고프면
그냥
그리워 보고파하자

종일을
슬픔과 괴로움이 찾아오면
그대로
슬퍼하고 괴로워하자

잠시라도
즐거움과 기쁨이 찾아오면
그건
옛친구이겠지 즐거이 맞자

그러저러노라면
하루는 또
무언의 가르침을 주고
내일이란 새로움으로 인도하겠지……

삶의 길

끝없이 펼쳐진
철학의 밭을 갈아야지
억겹게 고달파도 쉼 없이 갈아야지

한때는 쟁기도 많았건만
도둑맞고 빼앗기고
이제는 내 영혼의 뼈를 깎아
쟁기를 만들어야지
서글프고 억울해도 참아야지 웃어야지

바늘이 빗발처럼 쏟아져
눈꺼풀을 찌르고 꿰매려 해도
졸지는 말아야지, 잠들지는 말아야지
실타래 옴켜쥐고 놓치지는 말아야지

내 눈물은 불꽃이고 땀방울은 기름이니
저 사래 긴 자갈밭을 다 갈 때까지
어둠이 아니 가고 아침이 아니 오니
기름을 부어야지, 꺼지지는 말아야지

삶

저
휘몰아치는 폭풍설이
그대를 빙하의 시대로 날려버리고

저
초강중력의 블랙홀이
그대를 흔적 없이 삼켜버린다 할지라도

절대로 좌절하거나 굴하지 마라

만만 날의 아픔을 참고 견디면
내일은 그 타버린 한 줌 가슴 위에
인고忍苦의 사리舍利꽃 푸르게 피어나리……

빛

허, 내
삼천갑자 동방삭이보다
한 갑자 더 넘게 살았거늘
비포장길 힘든 줄 몰랐는데

이 시대
활짝 펴진 고속도로는
어이 이리 갈수록 숨이 찬고

조금만 더 조금만 더 가면
아름다운 비단길이다
어느 누구의 뻥이던가

가도가도 어둠이고
씻어도씻어도 안 희어지니
어디로 숨었는가 새하얀 밝음은……

빙점에서

지금 내게 부귀가 있다면
어찌 저 목마름에 시드는
풀들의 안타까움을 바라볼 수 있으리

지금 내게 영화가 있다면
어찌 저 끊어 길 듯 허리띠를 졸라매고
어둠 속을 헤매며 먹이를 찾는
개미들의 모습을 발견할 수 있으리

가난이 있어 아픔을 배웠고
고통이 있어 생의 참의미를 깨달았지

바람의 맛이 찬 것으로 보아
또 설한의 시간이 다가 오나보다

언제나 나는
춥고 배고픈 것이 싫지만
그로 인해 따스함을 배울 수 있다면
어찌 그 길을 저버릴 수 있으리

북극성

아,
저 아물거리는 반짝임은

황금빛 눈부신 이 시대
어느 가난한 시인의
애수의 소야곡이던가

이 밤도
파도 끝 바람은 일고
뜬눈으로 지새우는 추억이여

내 이루지 못한
청자의 꿈 산산이 부서진
그 한 조각 어제의 오늘이여……

부부

옆집 젊은 내외가
걸핏하면 머리채를 끄집고
서로 밀치고 당기며 싸움을 한다

도대체 저들은
전생에 그 무슨 죄업이 그리 많아
이승에서 짝이란 운명으로 만나
저리도 싸우며 살아가고 있는 것일까

그래
세상 모든 한 쌍이 그러하듯
과연 몇이나 천생연분으로 만나
한 쌍의 원앙같이 잉꼬로 살아가리
그렇게 그렇게 흘러가다 어느 한 정점에서
철이 들면 다행이고 그렇지 않으면 죽는 순간까지

대부분이 하나같이
인연이란 아름다움으로 만나
겉으로는 아니 한 척 속으로는
수평의 저울 위에서 시소 타기를 하며
끊임없이 악연의 업을 풀어 가는 거겠지

방황

작은 소망의 포장마차에
미소가 반짝이는 어둠이 온다

오늘이 가면 또 오늘이고
오늘이 가면 또 오늘인 나에겐
내일이 없는 오직 오늘만이 존재할 뿐

햇살 와 닿으면 스러지는 이슬의 숨결처럼
알 수 없는 미지의 영역으로 멀어져 가는
수많은 인연들과의 만남 속에

한낱한낱 허무하게 지워지는
나란 작은 존재를 찾기 위함이란
차라리 저 부서지는 파도가 아니길 바라며

보이지는 않지만 그것은 결국
모두를 뜨겁게 사랑해야 한다는 사실에
나 아닌 또 다른 나를 찾아 헤매는 오늘밤도
아, 참으로 나 하나만의 즐거움이구나

방황

목욕탕에서

여보게 친구
자네는 벼슬도 했었고
부자이니 몸값이 만금보다 더하고

나는 빈천하여
근근히 하루 세 끼 밥 죽이며 살아와
몸값이 강아지값도 안 되는데

발가벗고 보니
만 첩의 보약과 영화에 젖은
그대의 천 근 몸뚱이나
몇 근 안 되는 내 몸뚱이나
그게 그거고 그게 그걸세

남들이야 나를 보고 먹지 못해
젓가락처럼 말랐다 비웃을지 모르나
그래도 이다음에 저승 갈 땐
삼베 한 잎이라도 아낄 수가 있으니
이 얼마나 후세에 절약의 미덕인가

매정에도 꽃은 피고

차압에 경매에
쓸 만한 것은 다 가져 가고

돈 안 되는
고물만 오롱조롱 남았는데

그 가운데
솥단지와 양재기 수저는
가져 가지 않아 남아 있으니

아, 참으로
다행이다, 다행이야
그래, 복 받을 끼다 복 받을 끼야

마음

사랑하는 것은 무엇이며
미워하는 것은 무엇일까

좋아하는 것은 못 만나 그리운가
싫어하는 것은 만나서 괴로운데

만나면 헤어지고 헤어지면 또 보고파
눈물짓는 것은 무엇일까

나는 아직도 이 순한 진리를 모르고
허상인 나를 붙잡고 나는 나, 너는 너란
분별의 집착에 싸여 허둥대고 있는데

아, 앞으로
얼마를 더 피의 언덕을 넘어야
이 알 수 없는 공중누각의 성에서
한 점 풀려날 수 있을까

두견새의 밤

저 하늘
수만 별들의 화려함을 떠나
저 홀로 쓸쓸히 길 가는 저 달은

부귀영화를 버리고
심심산천으로 드는
어느 선비의 고고함일 것이요

저 크나큰 건물에 부딪혀
나뒹구는 바람의 울음은
이 시대를 살아가는 무명들의
고달프고 애절한 사랑가일 것이나

그 노래소리에
가슴이 아픈 한 마리 새는
오늘을 즐거운 듯 눈물짓는
또한 어느 무명의 애환일 것이리

당신의 말 한 마디

당신의 성난 표정과 거친 말 한 마디가
상대의 아름답고 즐거운 마음에 상처를 주고

당신의 웃는 얼굴과 겸손한 말 한 마디가
상대의 꽁꽁 언 마음을 따스하게 녹여줍니다

그러므로 무심코 던진 당신의 말 한 마디는
상대를 악마로도 천사로도 만들 수 있는

성숙된 당신의 참 모습이요
상대의 해맑은 기쁨은 곧 자신의 행복입니다

달맞이꽃 손깍지

100년만의 무더위가
용광로보다 더 뜨겁게
온몸을 녹여드는 열대야의 밤

바람이 그리웁고 얼음이 그리웁고
즐거운 타인의 달콤한 추억으로 들어
검푸른 바다 부서지는 파도와 춤을 추며
시원한 수박 한 조각 먹고 싶었습니다

아, 그러나 현실은
우리 둘의 미소마저 송두리째 빼앗고
빗발 같은 화살을 쉼 없이 퍼부었기에
그렇게도 모질게 명을 이어온 것이
비단 오늘만이 아니라는 사실이기에

이 순간도 두 송이
가물가물 시들어 가는 꽃잎은
그래도 타드는 가슴을 달빛에 식히며
더욱 손깍지 꼬-옥 감아쥐고
고운 노래 부르며 새벽으로 갑니다

노을빛 내 가슴에

철새의 깃인 양
섬강 맑은 물은 찰싹찰싹
오늘의 수많은 비밀을 가슴에 안고
역사의 뒤안길로 한 잎 한 잎 스며들고

강가의 바위에
쓸쓸히 기대어 선 갈대는
분홍빛 산 그림자 가슴에 안고
아, 우리 이렇게 아름다운 만남일지라도
이토록 슬픈 계절엔 만나지 말자고

연실 푸른 강
물감을 손끝에 찍어
단감빛 무르익을 가을 도화지 위에
눈물겨운 이별의 편지를 써내려 가는데

사붓 사붓이
붉은 치맛자락 끌며
어둠 저편으로 아련히 멀어지는 여인은
아, 내 그토록 사랑하던 지난 날 임의 모습인가
산산이 부서진 진정 나 하나의 그리움이여

네 안 먼저

글을 쓰고 있으려니
싱겁게 생긴
파리 한 마리가 날아와
발등을 자꾸 간질인다

슬그머니 파리채를 들어 냅다 후려치니
놈은 고공행진 비상해버리고
옆에 있던 재떨이의 재만 풀썩 날아
방바닥을 까뭇까뭇 수를 놓고

내친김에 청소나 해야겠다는 마음으로
털이개를 들고 방 구석구석을 투덕거리니
옹기종기 모여 앉아 졸고 있던 먼지들이
화들짝 깨어 방안을 빙글빙글 돌며
작은 주둥이로 원망을 하듯 무어라 쫑알거린다

들은 척도 아니 하고 한참을 그렇게
방안의 잔해들을 물리치고
숨을 고르며 앉아 담배 한 대 피우는데
소크라테스의 환영이 휘-익 마빡을 치고
다시 내려앉은 먼지들은 깔깔거리고……

내일은 푸르리

툭 떨어지는
나뭇잎 위를 바라보니

빼곡이
하늘을 덮었던 잎새들이
나뭇가지들을 엮어
먹구름을 가두어 놓고
하나둘 떠나기 시작한다

그 그물코 사이로
눈부신 하늘이, 푸른 하늘이
환히 웃으며 손짓하는 것을

비로소 나는
노을빛 풀려 시들어 가는
지친 떡갈나무 아래에서
무한한 기쁨으로 반겨 맞았다

난세

종일을
비바람
세상을 끌어안고 울고불고

천둥
번개
고성을 지르며 눈빛 번뜩이더니

아,
저다지도 맑고 고운
상아를 잉태시키기 위함이었나

아슴푸레 젖어드는 환희여
격랑의 폭풍우 휘몰아친다 해도
끊임없이 펼쳐질 우리의 내일이여
부디 그 유혹에 넘어지지 말고서……

기상

저 쏟아지는 햇살이
헤어날 수 없는 절망이라면
나는 저를 녹여 희망의 씨를 뿌리리

저 쏟아지는 억수비가
악마의 배실물이리면
나는 저를 걸러 시든 풀에 물을 주리

솔개 떼 지어
하늘 높이 눈부시게 날다
제 욕심 채우려 숲으로 들어도

아, 나는
가난하여 배고파도
저 푸른 하늘을 등에 엎고
모두를 위하여 쉼 없이 노래하는
한 마리의 종다리로 남으리라

그대의 길

어느 시인의 마음이
폭발하려는 지진같이
꿈틀거리지 않으면
어찌 시든 풀잎 하나까지도
그토록 사랑할 수 있으리

어느 시인의 마음이
적막같이 고요하지 않으면
어찌 어지러운 세상을
차분히 정리할 수 있으리

어느 시인의 마음이
보고 듣고 말하고 싶어도
말할 수 없어 애간장 타드는
이 시대의 수많은 무명을 위하여

어느 시인의 마음이 살아
고뇌할 수 없고 대변할 수 없고
서정이나 주워먹으며 살아간다면
이미 그는 타버린 담배꽁초의 꺼진 불
아, 차라리 연필을 집어던지고 이 별을 떠나라

괴고壞苦

이루어진 것은
지워질 수밖에 없는 것

이루려는 모든 것도
한낮 부질없는 해프닝인 것

즐거운 백을 위하여
아흔아홉을 추구하려 욕심 마라

시간이란 건반 위의
기준이란 가치의 성은
잠시도 존재할 수 없음이기에……

고향지기

아,
아름답다 세상이 참으로

온갖 색깔과 소리와 내가
눈물과 아픔과 웃음의 향기로
쉼 없이 소곤거리니
우주의 헤아릴 수 없는 별 중
그 어떤 별이 이보다 더 아름다우랴

저승이 있어
예보다 더 살기 좋다한들
내 어찌 이승을 버릴 수 있으리

나 이 땅 위에
한 송이 무명 꽃으로 즐겨 피었으니
봄 여름 갈 더불어 소꿉놀이하다
하얀 겨울 손짓하면 무명을 접어
또 다른 고운 꽃의 부활을 위하여
한사코 남으리 한 줌 흙으로…….

거리를 지나다

자선냄비 종소리
추위를 가르고
귓가마다 꽂히는데

설한보다
더한 차디찬 인정
손길 하나 없으니

아, 그 옛날
가을 볕 같은 인심은
어디로 무엇이 되려 갔는가

메마른 가슴마다엔
이기만이 들끓다
기어이 쏘아낸 눈빛은
철의 만 벽을 뚫는구나

갈대

욕망을 채우기 위하여
몸부림치는 자 가운데
빈 배낭 걸머지고 길 가는 이여

낙조가 가슴을 두드리면
물밀 듯 찾아드는 그리움에
그다지도 흔들리는 순정이던가

정체를 알 수 없는
저 머-언 블랙의 공간에서
끊임없이 안겨오는 그 하나의 공허여

물어보자, 말 물어보자
즐겨 춤추고 노래하는 바람아
저 밤하늘을 혼자 가는 달의
눈물겨운 외로움이 무엇인가를……

가족

87

겨울로 드는 나무야
스스로 서럽다 가지 흔들어
화 불러일으키지 마라

안 그래도 세월 따라
한 잎 두 잎 떠나는 짓이 정인데
그나마 한시바삐 등 돌리고 나면

그때는
그대 진정 홀로
어찌 그 외로움 달래려 하나니

뼈를 깎는 삭풍은
매몰차게 가슴을 파고들 터인데
뉘라서 더운 김 한 점 전해줄 이 있으리……

3

이렇게, 이렇게만
연분홍 고운 빛으로
어여삐 채색되어 갈 수 있다면

아, 차라리 나는 애써
시계바늘을 돌리려 하거나
멈추어 서기를 바라지 않으리

가을빛에 기대어

가을빛에 기대어

다시 어제의
하늘빛 푸름으로 들 수 없어
마냥 서러워지는 아픔이라도

소꿉놀이하며
그렇게도 아름답던 추억들을
스산한 바람이 지운다 할지라도

이렇게, 이렇게만
연분홍 고운 빛으로
어여삐 채색되어 갈 수 있다면

아, 차라리 나는 애써
시계바늘을 돌리려 하거나
멈추어 서기를 바라지 않으리
지금 이대로이길 간절히 바라면서……

거짓천국

눈을 감아야지
사사사사, 사사

귀 막고 코도 막아야지
사사사사, 사사

맛도 보지 말아야지
사사사사, 사사

언어의 문이
벙글벙글 열릴 때마다
샘솟듯 흘러나오는
달콤한 사사사사, 사사사
이 순간도 또 얼마나 많이 울고 웃을까

건망증

내 안 가득 쌓인
슬프고도 아름다운 사연들이

어느 날 문득문득
두개골을 스치고 지날 때
행여 놓칠세리 필을 들면
치매환자가 되어버린다

능력 안의 것들이
능력 밖이 되었을 때
기억상실증에 걸리는 허탈함

다시 치료하기 위하여
눈을 감고 숨소리조차 꺼트리며
괴로워 해야 하는 나만의 평화로운 아픔은
아, 역시 고독을 끌어안은 유일한 명상일 뿐……

경제강의

선진국이 어떻고
양극화 해소는
스포츠를 통해 해소해야 하고
금빛 바람이 달을 보고 짖는다

아서라
이미 금은 금물에서 놀고
쇠는 녹물에서 노는 것이
비단 어제 오늘의 일이 아닌 것을

먹고 배부르니
소화시키려 헛소리 말아
네 그런다고 어디
금이 녹물에 놀고
쇠가 금물에 놀 수 있다더냐

바지가랑이 넓은 척하지 말고
반들반들한 이마빡 기름이나 닦아
날던 파리 지친 날개라도 쉬어가게끔
지극 정성으로 공덕이나 쌓아라

고향 가는 길목

시장길 모퉁이에
웅크리고 앉은 할머니는
추위를 감싸안고
곡류 몇 종지 펴놓고 길 가고

저 하늘 보름달은
칠흑의 어둠에 버려진
별똥별 하나를 찾으며 길 가고

부엉이 같은 내 인생은
쓰디쓴 눈물의 잔 들고
갈증을 달래며 길 가는데

즐거움에 젖어
춤추고 노래하는 찬란함이여
그대는 무엇으로 길 가는가
따끈한 온정이나 한 줌 내려놓으렴……

그리움만 가슴 가득

1
불어오는 바람이 황금빛인 것은
가을이 오기 때문이요
그 빛과 더불어 님은 가셨고
보고픈데 다시는 볼 수 없으니
오늘밤도 나의 애달픔은
저 스러지는 달빛에 젖습니다

2
잊어야지
누구나 한번은 가야할 길
그런데 잊으려해도 잊을 수 없는 것은
하늘이 유난히 파랗기 때문만은 아니요
계절이 바뀌어가기 때문만은 더욱 아닙니다
그때도 그러하듯 님 가신 길 위엔
비와 바람과 들국화가 쓸쓸히 누워
그 날을 기억하며 눈물짓고 있었기 때문입니다

나는 어느 품에

눈보라가 볼을 때리면
두 귀를 꼬-옥 잡고
발을 동동 구르자

그래도 아니 되면
따끈한 어묵국물로
시려오는 가슴을 데우자

아, 추워
이렇게도 추운 날엔
성냥 파는 소녀라도
옆에 있다면 얼마나 좋을까

별아, 아기별아
너는 차-암 좋겠구나
언제나 달님이 곁에서
추울세라 따뜻이 안아주고 있으니까……

나 하나의 추억

참으로 오랜만에
그토록 아름다웠던
지난날의 추억으로
조금씩 조금씩 다가갑니다

다가가며 다가가며
어쩌다 그대
외로움에 흘린 눈물 한 방울 줍고
즐거워 잊어버린 기쁨 한 줌 주우며

때로는 견딜 수 없도록 보고프고
때로는 참을 수 없도록 그리워도
시린 가슴 부여안고 참아야 했던
나날의 순간 순간을 생각하며

지금은 아무 말도 하지 마세요
지금은 무어라고 묻지도 마세요
지금은 오직 우리 둘만의 시간이니까
별다른 의미도 부여하지 마시어요

사랑했기에, 사랑했기에
그대 그토록 사랑하였기에

지금은 지난날과 같이 마냥 편한 심상으로
다시는 이별의 아픔이 없기를 간절히 바라며
아, 이 꿈속의 재회여, 부디 깨어지지 말기를……

내가 아는 부자

투기하여 번 돈
뱃살에 기름 좀 끼니 거들먹거리며

기생집에 넉넉하고
모임마다 낯내기에 안 빠지나

장애인 걸인이 손 내미니
차기가 시베리아 바람이요

눈알이
산비탈 돌아가는 황소로구나

내일을 향하여

– 청소년 축제장에서

피어나라 꽃망울들아

지금 그대들은
아무것도 갖은 것 없는 빈손이라
나약할지 모르지만
내일이란 푸른 희망과 끊임없이 추구하는
꿈의 자료가 있지 않은가

간간이
좌절과 실망이란 우스꽝스러운 잡티들이
영신을 괴롭히면 툭툭 털어 버리고
한껏 무지개처럼 피어 오르라

보라 저기를
세상이 얼마나 넓고 넓은가

그러나
그대들이 마음만 먹는다면
언제라도 품속에 안을 수 있지 않은가

뛰어라 내일의 동량들아
어제는 참으로 아름다웠노라 정담을 나누며

부디
정도의 발자취를 남기면서……

노예 성

고도의 과학은
태초의 원시만 못하고
지나친 부귀는
벌거숭이의 가난만 못하다

우리는 지폐를 만들고
그의 절대적 복종자가 되어
아름다운 인정도 달콤한 사랑도
천륜의 피까지도 메마른 지 오래이다

부에 대한 욕심은
추구하는 모두를 정신병자로 만들고
급기야 오늘이란 정신병동에 누워
육신마저 시름시름 시들어 가고 있는데

앞으로는 또
더 편하고 싶은 욕망이
일상에 필요한 로봇을 만들고
그 로봇에 코를 꿰이고 족쇄가 채워져
지금보다 더한 고통의 시대가 도래하려니……

눈물의 꽃노래

자 왔어요, 왔어.
한 손에 삼천 원 하던
물 좋은 자반고등어가 이천 원이요
콩나물이요, 콩나물. 집에서 직접 키운
콩나물이 한 무더기에 천 원이요

재래시장 난전엔
하루를 살아가는 고달픈 생들이
발을 동동 구르며 언 손을 호호 불며
목멘 소리를 쏟아 애환을 달래는데

매일 매스컴에선
언덕 위의 기름진 옥토이야기와
저 높은 까치집 타령뿐이니
당장 먹고 살기도 힘든 무명초들에겐
배부른 강아지 비아냥거리는 개떡 소리요

갈수록 내라는 건 많고
올려 뛰는 것뿐이니
쪽방 세도 줘야 하고 연탄도 사야 하고
아이의 등록금도 마련해야 하는데
간간이 쉴 참으로 실의에 차 흘러나오는 수군덕거림은
아, 저 하늘에도 이러한 근심걱정의 즐거움이 피고 지려나

다듬이질

똑딱똑딱, 또드락.
또드락, 똑딱, 또드락, 똑딱.

온몸이 천만 갈래 찢어지는
절규에 찬 삶의 언덕에 홀로 기대어
쏟아지는 눈물에게도 말할 수 없는 아픔을

동지섣달 긴긴 밤 호롱불에 태우며
세상이 깨어져라 애달픔을 달래던
다듬잇돌 두드리는 방망이소리

아, 이제는
먼 옛날의 그리움으로
애달픔만 하늘 가득 물결 일어

또드락 똑딱, 또드락 똑딱,
똑딱똑딱, 똑, 똑, 똑……
오뉴월 뻐꾸기 구슬픈 울음
세포막을 뚫고 들어 뼛속까지 사무치네

다리

또한 비밀 풍덩
또한 권세 풍덩

그곳은 저승으로 가는
다이빙 장 같은데

저승 가는 길에도
부귀영화가 있어야 하고
말못할 사연이 많아야 한다면

아, 나같이
돈 없어 가난하고
한 일 없는 무지렁이는
가고파도 차비가 없어 못 가려만
가봤자 받아주지도 않겠구나

도토리

오뉴월
연둣빛 푸른빛
두견이 뻐꾸기 다 긁어모아
그토록 밤낮으로 쪼아대더니

저토록 고깔 쓴
귀여운 재롱이들을
오롱조롱 잉태시키기 위함이었거늘

아, 올해도
가을빛이 말랐으니
인정 바람 흉흉할 터

설한에
가난의 수만 입들
무엇으로 배를 채워 연명을 하리

메아리

불러도 불러봐도
대답 없는 이름이여

산산이 부서진 이름이여
다시는 돌아올 수 없는 이름이여

소리쳐 부르면
그 옛날 함께 나물 뜯던
강 건너 산허리만 매만져 돌아오는
아, 진정 나 하나의 그리움이여

지금은 어느 하늘가를 허둥대시며
아직도 이 어린 자식들을 위하여
조석거리를 구하시느라
불효자가 불러도 못 들으시옵니까
어머니! 어머니! 어머니~이!……

빙하氷河의 세월

1
후딱 하면 사이렌 소리
후딱 하면 호각소리가

저승의 사자처럼 큰소리 쳐도
생을 위한 곡예의 길 어쩔 수 없어
머리를 조아리는 밤새 한 마리

불어오는 바람만이 밤바람만이
마음을 달래주는 순간 순간의
서러움에 나날이 너무 야속해……

2
걸핏하면 담배꽁초도
걸핏하면 휴지조각도

개떡같이 취급하며 들고나면서
할 소리 못할 소리 개소리 치며
이리 끌고 저리 끌고 소고삐가 되어도

포장마차를 한다는 이유 때문에
하고픈 말 못하고 참아야 하는
벙어리의 세월이 너무 서글퍼……

묘소를 가다

앞산머리
노을 가슴에 안고
까마귀 우짖음 애달프니

아, 이어
힌 잎새 떨어지는 슬픔 있어
그 통곡소리 하늘을 울리겠구나

그래 어서 저
산 그림자 일어서기 전
노을빛 꺾어 등 하나 밝혀주고
언 듯 발길을 돌려야지

아직도 나는
부모상을 입은 불효자요
줄 것이라곤 하나 없는
비천한 알몸뚱이뿐이니……

묘소에서

나의 고향은
이미 어둠에 묻혀버린 오래인 시간

두 팔을 벌려 끌어안은
내 가슴팍을 아리게 찌르는 것은
금잔디의 억센 손끝에서
주르르 묻어나는 애달픈 기억들일 뿐

두 귀를 적시는 가녀린 속삭임
"울지 마라 울지 마라,
네가 흐느끼고 있는 그곳은
그냥 세상일 뿐, 아름다운 세상일 뿐
이미 나는 그곳에 있지 않은 터."

언뜻 스치는 속삭임을 잡으려고
바라본 눈길 앞엔 저 하늘의 하현달이
꾸부정 허리를 굽혀 무슨 말을 하려는 듯
그토록 안타가운 표정으로 나를 바라보고 있는데……

무명

이유 있는 그리움이겠지
문득문득 서글픔이 밀려오면
한 잔 술에 낯선 시詩 한 수 읊으며
배고픈 바람의 잠언을 듣는다

가끔씩 시간을 파고드는
지난날의 아름다운 잔상들이
푸른 별이 되어 깜박깜박
가슴을 적셔오곤 하지만

꿈이 아닌 현실은
그마저 미소질 새 없이
나 아닌 또 다른 풀잎들에게도
하염없이 뜨겁기만 하리

후두두 빗방울소리
희망인가 반겨 맞으면
황금의 말발굽 세차게 몰아쳐
지지 밟는 수난이 거듭일지라도
아, 생의 기-인 여정은 그래도 아름다우리

무정벌 위에서

떠나가는 금물결엔
쓰다 남은 너털웃음으로
돌아서는 사랑에는
안녕이란 뜨거운 키스로

등돌리는 매정에는
어제의 아름다운 미소로
우리 후일에 기어이 만나자고
입술을 말아 물며 기약을 했다

그리고 남아 있는
우정이란 친구와
천륜이란 피에게는
후한 마음 꺼내어 용서를 하고

다소곳한 고독으로
아려오는 애달픔을 달래나니
오색등불 휘감아 돌아가는 바람이여
부디 흐르는 눈물일랑 닦으려 유혹을 마라

문전박대

길을 가다
소변이 마려워 실례 좀 할까
상가 건물을 찾아드니

쪽방에 웅크리고 앉아
빠끔히 내다보던 수위가 나와
등 떠밀며 나가라네

사정사정하여도
그것도 벼슬이라 큰소리 떵떵 치며
사람 괄시가 과일가게 모과 취급인데

거기다 말까지 막 해대니
하, 내 행색이 남루하다 꼴같잖게 보이는가
고난보다 무시당하는 서글픔이 더하나
어쩌리 예나 지금이나 이것이 세상 인심인 걸……

반성

술 한 잔 따라놓고 쌈을 싸려고
뼈마디까지 하얗게 씻긴 상추잎이
보글보글 그릇에 담긴 것을 바라보다

그 때묻은 온몸 세세히 씻기어진 후
파란 영혼들 가슴마다에 동글동글 앉아
연실 영롱한 눈동자를 반짝이고 있는
맑은 물방울들을 유심히 바라보다

아, 나는 살아오며
얼마나 많은 오욕의 더러운 때를
이 순간까지 온 육신에 길들이며
살아왔을까 하는 생각에

저 잎새들같이 물방울같이
내 안을 세세히 씻어
다시 맑고 푸르게 할 수 없다는 사실에
가던 손이 부끄러워 돌아서며
죽음이라도 택할까 하는
자책의 마음으로 괴로웠노라

붉은 치마폭 속에서

새벽으로 드는 겨울밤
거리엔 인적도 끊기고
교회당 머리 위 십자가 불빛만
어둠의 한 송이 위안인데

중년의 신사 둘이
포장마차로 들어와 어묵을 먹으며
나와 함께 노래하던 꽃이 반반하다느니
네 옆의 꽃이 예쁘다느니 한참을 주절거리더니

네 꼬치에 천 원하는 어묵을
여섯 꼬치를 자시고 깎아 달랜다
이런 빈대의 낯짝 같은 놈들 봤나
차라리 벼룩에게 간을 내어 달래라

꽃 끌어안고 술 먹고
돈푼이나 뿌렸겠건만
실컷 즐기고 사랑하고
해웃값도 에누리하자 할 거냐?

사랑의 개론

사랑이란
그토록 좋아서
그토록 미워해 보지 않고

사랑이란
그토록 미워서
그토록 좋아해 보지 않고

함부로
달다 쓰다
싱겁게 말하지 말아

사랑이란
그 사랑을 위하여
그토록 아프고도 아프게
몸부림쳐 본 성숙만의 것이니까……

사명

어느 동물의 내 안
어둠의 깊은 동굴을 지나
죽음을 무릅쓰고 예까지 왔을까

자갈밭 모퉁이에 가까스로 태어나
뙤약볕에 불덩이가 된 돌무지 위를
기어오르고 있는 개똥참외의 허기진 발길

몸은 지칠 대로 지치고
손발이 까맣게 타들면서도
씨앗이란 이름으로 이 땅에 왔기에
단장의 아픔을 감내하며
자신의 임무를 다해야겠다는 일념

아, 이 세상
그 어느 누구라도
자신의 삶이 죽기보다 더 시리고 아픈들
저 처절히 명을 이어가는 개똥참외만 못하리……

삼짇날

마당 가득 내려앉아
속삭이는 햇살이 정겹다
아내는 소금을 뿌려가며
손가락으로 맛을 보아가며
고추장을 버무리고

나는 행주를 빨아가며
항아리의 안팎을 닦고 있는데
가슴이 스르르 뜨거워 와
허리를 펴 파란 하늘을 바라본다

오늘 같은 어제
어머니와 아내는 딱-이 저곳에 앉아
이마를 조아리고 정담을 나누며
고부간의 사랑을 꽃피웠는데

지금은 그 한 송이 꽃
먼 옛날의 추억으로 지워지고
한 송이 꽃 홀로 쪽 사랑을 버무린다
아, 저 한 송이 꽃만은
오래도록 피어 있어야 할 터인데……

생명의 소중함

어젯밤까지도
갓 깨어난 파리의 새끼들이
날개를 바들바들 털며
기쁜 듯 날고 있더니
아침 잠 깨어 화장실을 가니
웬임인가 모두 죽고 몇 마리 없다

"여보 화장실에 그 많던 파리가
모두 죽어버렸어."
"내가 약을 뿌렸어요."
'허허 연고 없는 살생을 했군,
그 죄를 어찌하리……'

구사일생으로 살아난
파리새끼들을 문밖으로 날려보내는데
얼굴을 잔뜩 찡그리고 있던 하늘이
그들의 죽음을 애도하듯
구슬 같은 눈물을 뚝뚝 떨구기 시작한다

서시에 비추어

잎새에 이는 바람에도
괴로워 한 이가
어디 일제 강점기 암울한 시대의
내 그토록 존경하는 윤동주 시인뿐이리

지금 이 살기 좋은 시대에도
부귀와 영화의 화려함에 묻혀
하고픈 말 하지 못하고 입 다문
양식 있는 지식인 더러도 그러하리

이는 바람은
잎새에 뿐만 아니라
살고 지고 모든 것에도
괴로움이요 따는 즐거움이나

오늘도 기쁜 듯 서러움에 젖어
갈증을 거듭하는 수만 무명들은
온풍인 듯 다가와 뺨을 후려치고 돌아서는
금빛바람이 더욱 가슴을 아프게 하지만
언젠가 진정 따뜻한 미풍이 불어오겠지
내일로 향하는 발길은 힘차게 어둠을 지워버린다

선서

인간사 오늘도
자신을 속이고 모두를 속이고

아니한 듯
살아갈 수는 있을지라도

마지막 순간 그대는 진정
나라와 민족을 위하여는
한 점 부끄러움이 없었노라

조국이란 이름 앞에
양심을 꺼내어 펼쳐놓고
당당히 말할 수 있기를 간곡히 바라노라

섶다리 건너며

임금은
귀먹은 대나무래도

관료는
수필문학의 대가이며
맑기가 청정수보다 더해야 하는데

지나온 마을엔 숲이 있는데
곧은 나무가 없고
전답은 엉망으로 방치되어
어쩌다 흉풍만 골목을 오갈 터

이 마을엔 객토가 한창에다
온풍에 새들도 날아드니
목민지관牧民之官이 있는 것 같아
참으로 다행 중 다행이로구나

세레나데

지금 내가 쓰는 이 글은
순전한 나의 것이 아니요
지금 내가 슬프고도 기쁜 세상을
날고 있는 것도 나의 것이 아니리

그토록 한평생을
모질게도 살다 가신 어머니께서
당신의 생을 꽃으로 초목으로 그리시다
기어이 다 그리지 못한 한 잎새의 계시요

내 어둠의 터널에서
길을 잃고 방황할 때
실낱 같지만 푸른 등 하나 밝혀
다시 길을 찾을 수 있게 하여준
아내란 이름의 믿음이란 힘이리

그리하여 오늘도 나는
그리움이란 세 글자와
사랑이란 두 글자를 정겹게 섞어
가슴 깊이 간직하고 그리웁다 사랑한다
하늘 가득 뿌리고 세상 가득 심으리

볼에 걸면 볼걸이 입에 걸면 입걸이
벌 나비는 날아가고 거미줄엔 애벌레
이 정 저 정 황금정 싸가지는 바가지

이리 비틀 저리 비틀 내일 없는 하루살이
배고프니 곤두박질 날이 새면 죽더라도
굴러굴러 대굴대굴 개똥밭에 굴러도
저승나라 정승보다 이승거지 났다드레……

세상살이

세상살이

호랑이는 담배 피고 독수리는 파리 잡고
꾀꼬리는 노래하고 개미들은 혀 빠지고
하고하고 일해도 돈 받는 건 되놈이고

볼에 걸면 볼걸이 입에 걸면 입걸이
벌 나비는 날아가고 거미줄엔 애벌레
이 정 저 정 황금정 싸가지는 바가지

이리 비틀 저리 비틀 내일 없는 하루살이
배고프니 곤두박질 날이 새면 죽더라도
굴러굴러 대굴대굴 개똥밭에 굴러도
저승나라 정승보다 이승거지 났다드레……

소리 없이

밝음도 어둠도
그렇게 왔다 그렇게 가고

계절도 시간도
그렇게 왔다 그렇게 가듯

나 역시 어느 날 문득
그렇게 왔으니 그렇게 가리

이 밤도
새벽으로 걸어드는 나의 고요가
무상의 가슴에 안겨 정겨웁다

순리

서둘지 말아
어차피 그대가 서둘지 않아도
이루어질 것은 이미 이루어지고
그렇지 않은 것은 그렇지 않을 것이리니

뛰지 마라
어차피 그대가 뛰어도
그곳에 남아 있을 것은 남아 있고
떠나갈 것은 이미 떠나갔으려니

세상 모든 것은
스스로 덧없이 가고 오는 것
그대가 애쓰고 조급해 안달한다고
머물거나 떠나가지 않을 터

어이하여 그대는
아침해가 뜨기 전 저녁을 기다리고
봄꽃을 바라보며 가을 열매를 기다리는가
때가 되면 시간은 원하든 원하지 않든
그 어느 한자리에 어김없이 그대를 세우고 지우리

아름다운 글쓰기

그대 그토록
맑고 고운 글을 쓰고 싶은가요

그대 그러면 먼저
자신에 대하여 엄격하고
모든 사물에 좀더 솔직하며
욕심도 한 알 한 알 던져버리며
때로 가는 길이 굽이굽이 힘들지언정
불평과 불만을 거두고 걸어보세요

마음을 풀고 버린다는 것
말하기는 쉬워도 참으로 어렵지만
한꺼번에 풀고 버리려 하지말고
조금씩 조금씩만, 아주 조금씩만
그러해야겠다고 생각을 가져보세요

어느 날 그대는
쨍쨍한 쇠소리가 변하여
재잘거리는 새소리가 들릴 것이요
어느 날 그대는
드높고 거센 파도가 아닌
달빛과 입맞추고 햇빛과 속삭이는

잔물결 찰랑임의 보드라운 숨결을 들을 것입니다

그때 그대 비로소
다소곳 책상 앞에 앉아
사랑하는 이에게 '나 아직 잊지 않았지'
하얀 백지의 가슴에 마음을 쏟아보세요

쓰러질 일 없다면 다시 일어설 일도 없다

청운의 꿈을 안고
힘차게 비상하던 새 한 마리
아이엠에프의 총을 맞고
천 길 절벽 아래로 뚝 떨어지고

온몸은 만신창이 되어 가눌 수도 없지만
아직은 심장의 박동 멎지 않았기에
크라이시스와 같은 환경이 더욱 짓으깨어
마지막 피를 토하며 죽어간다 할지라도

자신의 실낱 같은 일념의 지팡이에
스스로를 의지하여 아픔을 달래며
인정 무정의 냉랭한 눈길 쏟아지는 벌 위에서
아, 얼마나 많은 날을 실의에 차 헤매었던가

이제는 깨어나라, 일어나라
어제의 수만 고통은 아름다운 추억이었다
스쳐 가는 바람결에 훌훌 털어 버리고
다시 어둠을 박차고 힘차게 날아 오르라

애수에 잠겨

바람은 칼날을 세워
미친 듯 덤벼드는 어둠 위

얼어붙은 길바닥엔
종일을 부려 먹히다 버려진
휴지조각만 쓸쓸히 나뒹구는데

저 높은 까치집
배부르고 따끈한 온돌
황홀한 휘장의 심장을 가르고
애잔히 들려오는 찹쌀-떡……

아, 그래도
한 가닥 희망의 나침반을 들고
내일로 드는 고요의 종소리
추위도 부서져 따끈한 물결이 일고……

애증

안고 싶을 때 안지 못하고
안고 있으면서 또 다른
안고 싶음도 욕심이요

미워져 돌아서며
다가가 입맞추고 싶음도
더할 수 없는 욕심이나

헤어지고 생각하며
미련에 눈물 지우며
후회하는 것도 욕심이니

결국 그대는
바람 부는 욕심의 굴레에서
헤어날 수 없는 풀잎이러니
손닿을 듯 스칠 때 욕심을 버려라

애환

어느 시인은
배가 고파
막걸리를 마셨다는데

나는
그 무슨
즐거움이 그리 많아

매일을
이슬이와 입맞추며
흑탄을 하야니 태우나

월하月下에
일 배 이 배 십 배로
장부의 시름 달래나니
불어오는 바람도 죽은 듯 숙연하구나

연애

아침 일찍
정자나무에 매달린 확성기를 타고
이장의 잡동사니 사투리가
잔뜩 목멘 어조로 흘러나온다

동네사람들은
무슨 일이 있나싶어
하던 일을 멈추고 모여 섰는데

에– 저 이장인데유 한 말씀 하겠스라
아, 읍내 가면 된장도 고추장도 많은디
와 하필이면 넘의 보리밭에 와 맷돌질을 했싸
잘 여물어 가고 있는 보리배알을 툭툭 다 터트렸담요

살기가 어려우니 돈이 없어 그런가
아니면 여그가 장보다 좋아 그런가
흠, 흠, 그나저나 좋은 씨나 받았으면 좋겠구만
뭔 소린가 싶어 고개를 갸웃거리던 사람들은
갑자기 박장대소를 하며 죽겠다고 깔깔거리고
가난한 시골 마을 아침은 희망찬 웃음으로 문이 열리고……

영안실에서

이 세상을 떠나가는
또 하나의 검은 그림자가
통관 절차를 밟기 위하여
막다른 지하층을 향해 내려온다

삶을 위하여 온갖 욕망으로 몸부림치던
육신과 함께 동거하던 따스한 체온은
피붙이들의 통곡소리로 사라지는 가운데
또 다른 삶을 위한 얼굴엔 화색이 돌며
손놀림이 바빠지기 시작한다

가는 자만이
이승의 죄에 대한 저승의 벌을 알 수 있는
이 세상 수평의 경계 위에 서 있는 나는
아, 아직은 얼마나 경이로운 축복이던가

애통함과 기쁨의 공간을 뒤로 하고
착잡한 심정으로 발길 돌리는
나의 양어깨를 짓누르는 만 근의 무게는
지체 없이 때묻은 질곡의 삶에서 벗어나
모든 욕심을 접고 무소유하라는 무언의 계시였다

요지경

엿장수는 북 치고 소금장수 장구 치고
호랑나비 춤추고 매미놈은 노래하고
울다 웃다, 웃다 울다 간 뒤집혀 환장하고

엎어졌다 자빠졌다 고래 놈은 싸움하고
새우 놈은 등터지고 피라미는 피 보고
이리 치고 저리 치고 똥 치다가 뺨 맞고

이리 갔다 저리 갔다 눈알맹이 돌아가니
이것인지 저것인지 뭐가 뭔지 모를 일
이것저것 먹어도 꿀떡 먹기 힘들고

올려 뛰고 내리 뛰고 산수갑산 뛰어도
이 수 저 수 냉수도 누워 먹기 힘드니
흐르는 저 구름에 마음이나 풀어내리……

우정

살기 좋다 태평가는 하늘에 꽃피는데
갖은 것이 없다보니 억울함만 많더라
생각사 한양 올라가
신문고나 칠까하여

건축회사 사장인 다정한 벗을 찾아
돈 몇 푼 꿀까하여 사정사정 해봤지만
냉랭히 눈길 돌리고
거들떠도 아니 보네

아, 부귀는 유정인가 빈천은 무정인가
친구란 두 글자는 잘나갈 때 말이더냐
상처 난 마음밭에는
달빛만이 벗이구나

윤회

木 剋 土, 土 剋 水, 水 剋 火,
火 剋 金, 金 剋 木.

나무가 뿌리를 내려 땅을 헤집고
땅이 물을 막아 썩게 하며
물이 불을 끄고 불이 쇠를 녹여
연장이 되어 나무를 자르니 이는 극이요

木 生 火, 火 生 土, 土 生 金,
金 生 水, 水 生 木.

다시 나무가 있어 불이 생하고
불이 있어 언 땅을 녹여
바위에 물이 흐르고
물이 있어 초목이 생하니

세상 만물은
5행의 상극과 상생에 의해
나고 죽고 또 나며 영원불멸하리

인내

정신精神이 화火로 인하여
극도로 끓어오를 때
육체肉體는 즉각 행동한다

그 행동은 자신은 물론
상대까지 쓰러트리고 나아가
전 인류의 파멸도 가져올 수 있다

그러므로 세상에서 가장 위대한 것은
부귀도 아니요 공명도 아닌
자신의 감정을 잘 다스려
억제할 수 있는 유순의 마음이다

당신이 이 말을 접하고
위대함과 파멸 두 수평의 저울에서
어느 곳으로 기우냐는 순전한 당신의 몫이나
당신의 철저하고 냉정한 판단에 따라
당신의 운명은 그 순간 빛과 어둠으로 바뀌리

일기

여명이 밝기 전
겨울이 오기 전

어서
저 어둠을 깎아
비석을 만들어야겠다

화려한 문명의 그늘에 가리어
아름다운 노래소리 시들어 가는
풀잎들의 순한 사연들을

저 하늘의 별들을 따다
한 자 한 자 또박또박
새겨놓기 위하여……

조상의 계시

어젯밤 꿈에
폭풍우를 동반한
먹구름이
동서남북 사지에서
마구 몰려오고 있다고
아들손자며느리
집안 싸움 그만 하고
정신차려 힘 모아
막을 준비하라고
선조께서 누누이 일렀는데
아직도 싸움은 끝이 없으니
저 몰려오는 사지의 먹구름은
무엇으로 어찌 막을 수 있으리……

좋은 세상

살기 좋은 세상이라 풍악소리 울리니
새 떼들은 거기 빠져 그런가 노래할 때
약빠른 쥐새끼들은
저 먹을 것 다 챙기고

황금박쥐 매일같이 춤추고 노래하며
돗자리 깔아놓고 잔치잔치 벌이건만
좋은 건 다 골라먹고
마당 쓸기 바쁘구나

허수아비 배고파 쓰러질 듯 서 있으나
곰 놈은 살이 쪄서 걸음도 못 걸으니
오뉴월 태평년월이
겨울인가 하노라

죽는다는 마음으로

하루살이들이
가로등 불빛 아래
온힘을 다 쏟아
정열을 불태운다

저들은
이 한밤이 지나면
죽을 수밖에 없다는
자신들의 운명을 알고 있는 것일까

그래 아무렴 어떠리
나 역시 다음 순간을 모르는 인생
내 어찌
내일이란 시간을 저금해 놓으리

한 순간 한 순간을
저 하루살이들과 같이
하룻밤밖에 살 수 없다는 마음으로
지금 서 있는 자리에서 최선을 다해야지……

지금 이대로의 행복

이것이 인생이다 등
다수의 매스컴을 보고
전화기가 쉬지를 못한다

집이 있으니 와 살아라
전답이 있으니 농사를 지어라
자금을 대어 줄 테니 다시 사업을 하라

호의는 고맙지만
지금의 포장마차로 만족하다고
단호히 거절을 하고 돌아서니
고달픈 바람인가
쪼르르 달려와 품에 안긴다

아, 그래
지금 이 순간에도
얼마나 많은 걸인들이
싸늘한 뒷골목을 배회하며
배고픔과 추위에 휘청거리고 있을까

한 송이 채송화

보고픈데 볼 수 없어
애달픈 마음 꺼내
전화기를 들었는데

잘못 걸었다는
퉁명스러운 응답에
가만히 내려놓습니다

흘러가는 꽃구름 치마폭에
동그란 그대 모습 그리고 지우며
못 잊어 애태우던 그리움의 시간들

이제는 전생의 인연이었다
가까운 듯 먼 날에 아기자기한 소꿉놀이
잊기엔 너무도 아쉬운 작은 꽃 한 송이
내 가슴 빈 꽃병에 고이 꽂아 간직하고……

한밤에 홍두깨

지천명은 된 듯한
멀쩡하게 생긴 신사가
중년의 꽃 한 송이를 안고 와
애인인가 있는 광을 다 내며 술을 달랜다

술은 안 팔고
어묵 떡볶이만 판다고 하니
다짜고짜 화를 벌컥 내며
이 새끼야 왜 포장마차에서 술을 안 파냐며
옆에 놓인 주전자를 들어 사정없이 날린다

바로 맞았으면 마빡이 거북이등이 되어
붉은 물감으로 수채화를 그렸을 터인데
조상이 돌봤는지 슬쩍 비껴나가고
치미는 염장에 두 주먹을 불끈 쥐고
죽자 할까 살자 할까 입술만 깨물다가

개자식 같은 이라고
꽃 끌어안고 술 먹는 놈 너만 잘났냐
먹고 살라 어묵 파는 나도 잘났다
그 마당에 안정제 사먹으러 갈 수는 없고
피우다 아껴놓은 담배꽁초에 불을 달이며
폭팔 직전의 가스통을 가까스로 다독였지

한 편의 시를 위해

돈푼이나 좀 있고
밥술이나 먹으며 여유가 있다고
국어사전이나 뒤적여 아름다운 단어나 주워
시를 써 보겠다고 뽀얀 종이얼굴에 상처 내지 말아

시는 그대들의 놀이가 아닌
죽음을 기다리는 사형수의 가슴이요
뙤약볕을 기고 있는 개미들의 눈물이요
알몸으로 버려진 핏덩이의 절규이려니
이를 흉내낸다는 것은 그들에 대한 오만이리

정치나 기업이나 학문은
누구나 전문으로 열심이면
그 분야에 권세도 대부도 박사도 될지언정

한 편의 진정한 시는
그러한 이론으로 이루어지는 것이 아닌
저토록의 고뇌에 찬
절박한 삶을 영위해 보지 않고는
가슴으로부터 마구 쏟아져 나올 수 있는
함부로의 구슬이 아니기 때문이리

해는 지고

메마른 냇가
초목은 푸른 멍
가슴 풀어 애틋한데

도심의 뒷골목에서
쏟아져 나오는
환락의 웃음소리

아,
눈감을 자유조차 없는
한 잎의 갈대

파란풍波瀾風 엮어
시詩 한 수로
애수나 달래리라

해뜰 날

어둠의 거리
별들은 길을 잃고
달은 달인데 빛이 없고

즐거운 듯
노래하는 그 깊은 속
가만히 귀기울이면
아픔의 신음소리 끊임 없고

언제 오시려나,
그 언제나 오시려나
기약이야 없건만은

기다리자, 기다리자
식구들아 우리
청사초롱 불 밝히고

저 먼 나라에서
밝은 빛 가득 안고 다가올
님 맞을 채비 차리자

행복의 병

세상에서 가장 시리고 아픈 병은
그리움이다

세상에서 가장 무섭고 두려운 병은
외로움이다

세상에서 가장 바보같이 천진한 병은
짝사랑이다

나는 이 세 마리의 병을
마음속 깊이 키우며 살아가고 있으니

세상에서 가장
눈물겹도록 아름다운 병을 앓고 있음이리

허공

추수 끝난 들녘에서
엄마구름 아기구름
정겹게 속삭이는 것을 바라보는데
톡톡 자꾸 무슨 소리가 들려온다

돌아보니
콩포기를 뽑아 쌓아놓은 더미
꼬투리를 박차고
퉁겨나가는 콩알들의 발자국 소리

아, 그토록 품에 안고
금동이냐 옥동이냐
애지중지 키웠는데
이제는 매정히 떠나들 가고

가슴이 하얗게 타
빈 바람만 끌어안을 시든 달
그리워 애달고, 병들어 서글픈
이 땅 위에 모정母情의 눈물들
지금도 어느 낯선 구석방을 흥건히 적시고……

회한

석별은
그리움만 남기고 가는가

이루려 이루지 못한
청운의 꿈 펼쳐들고 뛰다보니
벌써 해는 비스듬히 누웠구나

아, 다시 한번
그 옛날로 들고 싶건만
썼다가 지울 수 없는 인생이란 두 글자

꿈엔들 다시 또 어제가
달콤한 유혹으로 날 부른다해도
이제는 차디찬 빈 술잔 들고 취하지 않으리

부천富賤

눈물조차 얼어버린 바람이
버들가지를 부여안고
그토록 떨고 있는 냇가

굶주린 풀잎들은
시커멓게 얼어드는 몸을
서로에게 의지하고
가까스로 명을 이어가고 있는데

어디선가 날아든 오리들은
무엇으로 몸보신했던가
속살이 허옇게 내비치는
장구지 옷 한 벌 걸치고 맨둥발로

얼음 위에서 물속으로
물속에서 얼음 위로
스키를 타며 다이빙을 하며
하동을 한껏 즐기며 희롱거리고 있다

유산遺産의 길

오늘도 나는 길을 걷고 있습니다
님께서 그토록 홀로 아프고도 고달프게
걸으셨던 그 길을 한 가닥 흐트러짐 없이

이 길이 님께서 저에게 남겨주신
유일한 재산이라면 너무나도 가혹하다
한때는 님에 대한 원망의 욕심도 있었습니다

허나 이제 이 길이
천하를 다한 보석보다 귀함을 알았기에
장부로서, 혼자가 아니면서 혼자
님보다 더 쉽게 가고 있다는 사실에
참으로 부끄럽고 죄송할 따름이옵니다

님이여 가르쳐 주십시오
이보다 더한 가싯길과 그 길을 갈 수 있어
님의 그 수많 눈물의 뜻을 헤아릴 수 있고
님보다 더한 생의 이치를 깨우칠 수 있다면
무엇이 두렵고 어디인들 못 가오리까

인고忍苦의 세월

밥 먹다 죽 먹으니
배고픈 아픔보다 더 서러운 건

발길 닿는 곳마다
사람 무시하는 인정들이더라

이리 치이고 저리 치이고
순간순간 찾아드는 울분을

어차피 저 세상 견학 갈까 했던 몸
너 눈 뜨고 나 눈 감을까 생각도 많았건만

그때마다 하늘은 아직은 오지 말고
그들과 더불어 소꿉놀이 더하라 하네

지천명知天命

물방울처럼 반짝이며
아름답게 속삭였던 인연들이
하나둘 꽃잎처럼 흩날리며
아련히 멀어져간 목마름의 갈증

꿈 많은 생을 갈망하며
마냥 푸르기만 하리라는 환상으로
유혹을 끌어안고 춤추며 노래하며
허공을 떠돌던 마음 하나

향기 없는 꽃술에 입맞추며
화려했던 절정에 잔상들을
이제는 잔 가득 담아
저 가슴속 깊은 곳에 묻어버리고

헐렁한 바람에
때묻은 어제를 말끔히 씻어
가을빛 따스한 창가에
쉰 가슴 꺼내어 청아하게 말리리

미래시선 141
달맞이꽃 손깍지

지은이 ｜ 황동남
펴낸이 ｜ 임종대
펴낸곳 ｜ 미래문화사

찍은 날 ｜ 2006년 4월 25일
펴낸 날 ｜ 2006년 5월 1일

등록 번호 ｜ 제3-44호
등록 일자 ｜ 1976년 10월 19일
주소 ｜ 서울시 용산구 효창동 5-421
전화 ｜ 715-4507 / 713-6647
팩시밀리 ｜ 713-4805
E-mail ｜ miraebooks@korea.com
mirae715@hanmail.net

ⓒ 2006, 미래문화사
ISBN ｜ 89-7299-321-2 03810

* 잘못 만들어진 책은 본사나 서점에서 바꾸어 드립니다.
* 저자와의 협의하에 인지는 생략합니다.